한국 희곡 명작선 69

나의 강변북로

한국 희곡 명작선 69

# 나의 강변북로

이지훈

평민사

이지훈

나의 강변북로

**등장인물**

배우 이린아
고수 김미호
내비1
내비2

**작가노트**

- 인물들은 북, 장고, 피리, 징을 다룰 줄 알아야하고 소리와 춤에 능해야 한다.
- 노래라고 표시한 것은 민요이고 때에 따라서는 판소리 류의 소리를 뜻한다.
- 배우 4명의 성별은 아무래도 좋다.
- 내비의 나이는 20대에서 30대 초반이다.
- 배우 이린아는 50대 후반에서 60대 초반이다.
- 고수 김미호는 이린아와 비슷한 나이로 더 높아도 낮아도 상관없다.[1]
- 공간은 빈 무대다 – 자동차 타이어 4개가 무대 사방 끝에 각각 놓여 있고 헤드라이트는 앞무대 좌우 끝에 각각 놓여있다. 자동차를 나타내기 위한 것이나 꼭 필요한 건 아니다.

---

1) 첫 공연 2019년 10월 9일~13일, 서울 대학로 스카이 극장. 정아미(이린아), 이슬비(김미호). 김선진(내비1), 김대환(내비2) 출연, 안무 박진원, 조연출 유시연, 연출은 이지훈이 맡았다.

장구 치는 소리가 높아지며 배우와 고수, 내비 1,2가 '창부 타령'을 함께 부르며 등장한다.


**모두**  (노래) "아~니~~~ 아니 노지는 못하리라

얼씨구나 좋다 지화자 좋네~~ 아니 노지는 못하리라

인간 칠십 고래희요 무정세월 약류파라[2]

인생 백년이 꿈이로구나

사시풍경 좋은 시절 아니 노지는 못하리라

얼씨구나 좋다 지화자 좋네

아니 노지는 못하리라

따루 따루리 아니 노지는 못하리라"

**이린아**  쉬이~~ (노래 장단 멈춘다) 안녕하세요?


관객들 "안녕하세요"라며 답한다.


저는 배우 ○○○입니다.[3] 오늘 여러분과 함께 한바탕 놀아보려고 나왔습니다. 이 연극에서 이린아 역을 맡았습니다.


두둥둥 하며 장고와 북 소리.

**김미호**  안녕하세요? 저도 같이 놀아보려고 나왔습니다. 장구도

---

2) 흐르는 물처럼 흘러간다는 뜻이다.
3) ○○○ 속에는 실제 배우의 본명을 넣도록 한다.

치고 북도 치고, 고수 김미호 역을 맡은 배우 ○○○입니다.

**이린아** (관객들을 다정하게 바라보며) 오늘 밤 여러분은 탁월한 선택을 하셨습니다. 대학로에 극장이 160개가 넘고 그 극장 극장에 제각기 다른 연극을 하는데 여러분은 오늘 밤 여기로 오셨어요!! (박수를 친다) 여러분과 함께 강변북로를 자~알 달려서 목적지까지 가보도록 하겠습니다.

**모두** (노래) "아니 아니 노지는 못하리라
얼씨구나 좋다 지화자 좋네 아니 노지는 못하리라"

**김미호** 드라이브나 하자고 해서 따라 나왔는데 저도 강변북로를 잘 달려 보겠습니다.

**이린아** 좋습니다. ○○○ 님, 오늘 연극이 어떤 연극인지 아시죠?

**김미호** (웃으며) 뭐라더라? 하이브리드 연극이라고 하던데 하이브리드 연극이 새로 나온 연극인가요? 그래서 그런지 좀 떨리네요.

**이린아** 고수 선생님 엄살은요—하이브리드가 별 거 아녜요, 혼종 잡종 연극이라는 거지. 우리 민요도 나오고 셰익스피어도 나오니까 그렇게 이름 붙여본 거예요. 원래 연극이 그렇잖아요, 종합예술. 이제 해보면 아실 거예요. (관객에게) 여러분 하이브리드 연극, 기대해 주세요. 북 치고 장구 치고, 여기 ○○○ 님이 고수를 맡아서 다 하실 겁니다. 그리고 소리도 좀 하실 거예요. 만능이시거든요.

**김미호** 그럼 ○○○ 님은 뭐하시고요?

| 이린아 | 저는 배우니까 '연기'해야죠. 이린아 역도 하고 셰익스피어도 하고 체홉도 하고, 하하하. 아, 그리고 저기 저 두 분 배우들도 같이 연기를 할 겁니다. 연극이잖아요. 자 잘 생긴 훈남 젊은 오빠들도 인사하시죠? |
|---|---|
| 내비1 | 안녕하세요? 대학로를 종횡무진 달리고 있는 배우 ○○○입니다. |
| 내비2 | 저는 탈춤도 추고 피리도 부는 ○○○입니다. 사실 연극 무대는 처음입니다. 탈춤을 춘다니까 하라고 해서 출연 결정하게 되었습니다. |
| 내비1 | 저희들은 내비게이터 역을 맡았습니다. 운전할 때 없어서는 안 되는 이거! 저는 내비게이터 One! |
| 내비2 | 저는 내비게이터 Two. |
| 이린아 | 내비가 가리키면 저는 벽도 뚫고 강물도 건너갑니다! |
| 내비1 | 그럼요, 우리 내비가 시키는 대로 잘 가셔야합니다. 젊은 기운 팍팍 불어 넣어 드릴게요. |
| 내비1,2 | I am your energy! (관객들에게) 잘 봐 주세요. |

관객들 박수, 두 내비 거기에 반응하며 귀엽게 인사한다.

| 이린아 | 감사합니다. 오늘 모두 실력 대 발휘! 우리 드라이브 잘 해보자구요. 음악은 쌈박한 걸로 준비됐죠? 기대 충만! |
|---|---|
| 김미호 | 음악요? 물론입니다. 드라이브 시 최고의 동반자는?—음악이죠. ○○○ 배우님이 대학로 스타 배우이신데 제가 |

누가 되지 않도록 노력해야죠? 실은 저도 연극 무대는 처음이거든요, 소리 무대는 자주 서지만 말입니다. 바짝 긴장하고 있습니다. ㅎㅎ. 음악은 특별히 드라이브와 관계된 것도 골라놨습니다,

**이린아**　좋아요 좋아.

**김미호**　그럼 안전운행하시고 대사 잘 치세요~~ 저도 기대합니다.


두 사람 하이파이브.


**이린아**　오늘 우리 이 무대에서는 배우와 고수로 노는 겁니다.

**김미호**　알았어요~~.


다시 한 번 하이파이브.


**이린아**　(관객들에게) 자 여러분 그럼 우리 같이 놀아볼까요?
　　　　(관객, 내비 "네, 네")
　　　　네, 우리 준비 들어갑니다.


**모두**　(태평가 전곡) 아니 아니 노지는 못하리라
　　　　얼씨구나 좋다 지화자 좋네
　　　　아니 노지는 못 하리라

모두 노래하면서 고수는 북을 안고 앉고 내비1,2는 무대 좌우에 포즈를 잡아 선다.

내비들은 청바지에 검은(흰) 반팔 티셔츠를 입고 있으며 이때 선글라스를 쓰고 가발 장착. 내비 2는 징을 울려 준비가 됨을 알린다.

**이린아** 우리가 오늘 밤 어떻게 노느냐 하니, 이렇게 놀아보는 것이었다, 자, 쳐라!!

이 소리를 신호탄으로 "태평가" 소리 힘차게.

**모두** (노래) "짜증을 내어서 무엇 하나 성화를 받히어 무엇 하나 속상한 일 하도 많으니 놀기도 하면서 살아가세 니나노 닐리리야 닐리리야 니나노 얼싸 좋다 얼씨구나 좋다.
벌 나비는 이리저리 펄펄 꽃을 찾아 날아든다." (태평가 전곡)

**이린아** (노래 끝날 즈음 흥겨운 장단 사이로 전혀 다른 비장한 소리로)
"오호호 한 평생이 허무하구나~~ 인생 백년이 꿈이로다"

**모두** (노래) "니나노 릴리리야 릴리리야 니나노"

**내비1** 지금부터 경로 안내를 시작합니다. 목적지까지 안전운행하시기 바랍니다. 전 좌석 안전벨트를 착용해 주십시오. 제한 속도 80km 구간입니다.

내비2가 80이라고 쓰인 깃발을 머리 위로 높이 든다. 모두 안전벨트를 착용하는 마임 동작. 자동차 시동, 출발하는 소리.

**이린아**  어화 벗님네들 이제 제 말 한번 들어 보셔요~~.
(관객들– "네" "네" — 관객 반응을 내비 1,2가 할 수 있다)
작업실로 나갈 때 늘 이 강변북로를 이용합니다, 이 북로로 들어서면 오른쪽으로 강이 펼쳐지고 푸른 강물이 햇살에 빛나며 넘실넘실 흐르는 모습 보면 마음이 탁 트이며 기분이 맑아집니다. 날씨라도 좋으면 파란 하늘에 뭉게구름이 둥실둥실 음악 방송을 들으면서 달리면 정말 좋죠.

**내비1**  성산대교가 곧 나타납니다.

**이린아**  차들이 옆으로 속도를 내고 달리고 있어요. 현재 내 속도는?

**내비1**  70, 80, 90km 시속. 속도가 점점 올라갑니다.

**내비2**  (깃발 90이 올라간다)


차 달리는 소리.


**내비1**  (경고) 제한 속도 80km 구간입니다.

**내비2**  미세먼지가 나쁨입니다.

**이린아**  오늘 미세 먼지가 좀 있네요, 건너 편 올림픽대로 쪽이 뿌옇게 잘 안 보이는데요. 서두를 건 없고 여유 있게. (속도를 약간 낮춘다) 얼마 전에 TV에서 아카데미 상 시상식 중계를 하더군요. 작품 하나하나가 얼른 보고 싶을 만큼 매력적이었고 그 영화 속 배우들도 좋은 연기를 했다고 평론가들이 극찬을 하더라구요. 작품상 후보에 오른 작품이 〈Vice〉, 〈Roma〉, 〈Can you ever forgive me?〉 그리고 뭐가 있더라?

**김미호**  아, 올해 빅히트한 유명한 〈Bohemian Rhapsody〉도 있었죠.

**이린아**  아, 맞아요. 모두 열광했었죠. (노래) "Mama, I just killed a man."

**내비1,2**  (노래) "We will we will rock you!" 이 연극이 우리를, 여러분을 rock하기를 "We will we will Rock You!!"

모두 흥이 난다.

**이린아**  그리고 영국 앤 여왕을 다룬 〈The Favorite〉도 있었고, 남우주연상은.

**이린아/김미호**  '라미 멜렉'.

**내비1,2**  에오, 에오.

관객 화답 유도하고 관객 따라하니 신이 난다.

"We are the Champions! You are the Champions!"

No time for losers 'cause we are the champion of the world"

관객들 박수로 응원한다. 고수와 배우도 내비들 노래 솜씨에 놀라 쳐다보며 박수를 치자 내비는 우쭐하여 배우와 관객들에게 절을 한다.

**이린아**      좋아 좋아.

**김미호**      (북을 치며) 얼씨구, 잘한다.

**이린아**      그리고 여우주연상은 〈The Favorite〉에 나온 여주인공이 받았죠. 좀 낯선 배우였어요. 올해 처음 nominate 되었다는데 그 여배우가 수상을 하더군요. 운도 따라줬나 봐요 이름이 뭐더라?

**김미호**      난 알죠, 이린아 씨.

**이린아**      누구죠? 생각날 듯 말 듯.

**김미호**      올리비아 콜맨.

**이린아**      올리비아 콜맨. 아 그래. 맞아요. (웃음) 고수님 영화에도 조예가 깊은가 봐요.

**김미호**      영화 좋아합니다, 저도 TV에서 그 방송 봤어요. 대상작, Best Picture상은 〈Green Book〉!

**이린아**      〈Green Book〉! 그렇지! 얼씨구!

**김미호**      우리 음악 한번 들어볼까요? 이번 대상 영화 〈Green Book〉에 나온 OST.

'Lonesome Road'!

모두 음악을 잠시 듣는다.

**김미호**  외로운 길, 쓸쓸한 길이라…… (판소리 류로) "우리 인생 길이지." 아, 그러고 보니 우리 연극과 좀 비슷한 거 같지 않아요? 그 영화도 두 남자가 자동차 타고 미국 남부를 누비는 이야기라고 했어요.

**이린아**  흑인 피아니스트와 백인 운전기사가 긴 자동차 여행을 하며 서로의 경계선을 허물어가는 영화라고 하더군요.

**김미호**  우린 그렇게 긴 여정은 아니지만 비슷해요.

**이린아**  그래요, 우리 드라이브는 뭐 한 시간 남짓~ 우리도 경계선 허물어 볼까요? 하하.

**김미호**  얼씨구 좋지.

고수 추임새를 하며 북을 딱 친다.

**이린아**  지금 시간은?

**내비1**  12시 15분.

**이린아**  미세먼지 땜에 모두 집에만 있나 봐. 길이 안 막히고 잘 뚫리고 있어요. 좋아요.

**내비1**  100m 앞 서강대교가 나타납니다.

**이린아**  멋없는 다리야. 성산대교도 그렇고. 왜 저렇게 뻘겋게 칠

15

해놨는지 모르겠어요. 색깔이 전혀 안 이뻐요. 녹 슬은 것 모양. 오늘도 그런 생각을 하며 지나갑니다. 고수님, 기분 어떠세요?

**김미호** 오랜만에 강을 보니 저는 기분 좋습니다, (북을 치며) (노래) "아하 아하 에헤요 에헤요 어허야 얼사함마 둥게 디여라 한강수야"
(한강수 타령 후렴. 내비들도 같이 부른다) 얼쑤, 지화자 좋다, 난 좋은데 왜―안 좋아요?

**내비2** 시속 80km 구간입니다.

**이린아** 우울해지네요

**김미호** (북을 딱 친다) 왜요? 미세먼지 땜에요?

**이린아** 미세먼지도 한 몫하고.

**김미호** 또?

**이린아** 이 세상이 그렇잖아요. 우울을 유발시키는 세상. 뭐가 기분이 좋아 하하호호 하겠어요?

**김미호** 새로운 얘기도 아닙니다. 세월호, 용산참사, 밀양 연극촌 이윤택 성추문, 버닝 썬[4] 참 쎄고 쎘죠. 우리를 우울하게 하고 낙망시키는 것들…… 특히 정치인들 말예요

**내비1,2** (추임새) 그렇지, 옳거니.

**김미호** 그런 사건은 끝없이 일어나죠.

**이린아** 그래서 실없이 웃고 다니는 것보다 우울한 게 정직한 거

---

4) 공연 당시의 사회적 이슈들을 언급하면 된다.

예요.

**김미호**  동의! 그런데 말해 봐요. 왜 멜랑콜리한지.

**이린아**  사실 기분이 우울해진 건 아카데미 시상식을 본 영향도 있다고 해야 할까?

**김미호**  아니, 뭐 기대한 배우나 작품이 떨어지기라도 했어요?

**이린아**  이런 생각이 들었어요. 탱큐 탱큐를 연발하며 눈물 흘리는 수상자들을 바라보면서 말예요.

**김미호**  뭔 생각? (북을 딱 친다)

**이린아**  "우리는 늘 성공한 자들의 구경꾼이다."
"나는 늘 성공한 자들을 바라보는 구경꾼이다"
"나는 늘 성공한 자들을 넋 놓고 바라보는 구경꾼이다"
넋 놓고? 틀린 말은 아니지. 성공한 자들은 우리의 마음에 감동을 일으키니까.

**내비1,2**  얼씨구, 그렇지.

**김미호**  (북을 딱 치며) 그래서 그들은 스타!. 밤하늘에 빛나는 별.

**이린아**  "성공한 자들—상 받고 환호하는 자들—승리한 자들"
어떤 분야에서건—심지어 동네 작은 치킨집이라 하더라도, 성공한 자들은 있기 마련이죠?

**김미호**  그럼요, 있죠~~ 언제나, 내 옆에 내 앞에 내 뒤에……
(북을 딱 친다) 그런데 그 성공이란 게 참 뭘까요? 출세했다고 해도 성공이 아니고, 돈이 많아도 성공이 아니고…….

**내비1,2**  (서로 쳐다보며) 진짜? 그런가요? 그게 성공이지, 뭘.
(노래) "아하 아하 에헤요 에헤요 어허야 얼사함마 둥게

디여라 한강수야."

**이린아**  (관객에게) 성공이 뭘까요? 굳어있는 어떤 것들을 바꾸고, 자기 자신을 바꾸는 것. 자신과의 싸움에서 포기하지 않고 자신을 믿고 끝까지 계속해 나가는 것. 이게 성공의 정체라고 말하고 싶어요.

**김미호**  (혼잣말처럼) 김연아가 바로 딱 떠오르는데? 누가 김연아처럼 그렇게 열심히 했겠어? 우리, 그녀 앞에서 확실한 구경꾼이었지. 감동 받고 눈물도 흘렸던.

**이린아**  (관객을 보며) 그렇죠, 우리는 늘 성공한 자들의 구경꾼.

구경꾼!

별이 되지 못했고

자신을 믿지 못했고⋯⋯

끝까지 밀어 붙이지 못했고⋯⋯

죽도록 열심히 하지 못했고⋯⋯

핑계를 댔고⋯⋯

변명을 댔고⋯⋯

남을 탓했죠⋯⋯

**김미호**  내 얘기 같잖아, 얼씨구~~

**내비1**  내 얘기 같잖아, 부모 탓, 형제 탓, 자매 탓,

**내비2**  친구 탓, 동료 탓, 선생 탓,

**내비1**  학교 탓, 장소 탓, 세월 탓,

**내비2,2**  세상 탓!!

고수, 탓, 탓 할 때 북장단을 맞춘다.


**김미호**   탓탓탓.

**이린아**   우리 구경꾼들은 탓만 하고 살아왔다니까요.

**김미호**   그래도 말은 바로 하라고…… 지 탓이 젤 크지 뭐. 그래 내 탓이지 뭐. 내 탓.

**내비1,2**   아니, 아니, 니 탓도 있습니다. 모두 니~~탓.

**내비1**   아니 아니 내 탓.

**김미호**   (북을 딱)

**이린아**   우리 '구경꾼'들의 가장 큰 공통점이 하나 있어요.

**김미호**   공통점? 이름이 없다는 거―?

**이린아**   예리한데요? 맞아요. 여러분 우린 이름이 없어요. 그래서 그 누구도 우릴 기억하지 않아요. 구경꾼들은 그냥 구경꾼으로 통칭되니까요.

**김미호**   (노래) "아무렴 그렇지 그렇고 말구~~~ 아리랑 고개로 날 넘겨 주소"

**내비1,2**   (노래) "아리 아리 아리랑 쓰리 쓰리랑 아라리가 낫네 ~ 아리랑 고개로 날 넘겨주소"


**이린아**   우울이 내 배 속 깊은 데서부터
　　　　　　스멀스멀
　　　　　　살곰살곰
　　　　　　야금야금

솟구쳐 올라옵니다.

가라앉은 흙탕물을 휘저을 때처럼요.

우울이 미세먼지처럼,

안개처럼.

**내비1**    스멀스멀……

**내비2**    야금야금

**내비1,2**    살곰살곰.

**김미호**    (북을 딱) 어이[5]

**이린아**    셰익스피어의 말을 빌리면 이런 우울을 히스테리카 파쑈라고 하더라구요. 내가 느낀 이 우울이 바로 히스테리카 파쑈.

고수는 스멀스멀 등 반복적 말에 북장단을 맞추고 내비들은 동작을 한다.

**김미호**    (북을 딱) 어이~.

**내비1**    히스테리카 파쑈.

**김미호**    (북을 딱치며) 말도 어렵다.

**이린아**    이놈이 깨어날 줄 예감했다니까요. 보통 때는 나도 잠깐이 존재를 잊어버리고 있죠. 한데 이놈은 행여 내가 자기를 잊어버릴까봐 날카로운 가시로 날 찔러댄다구요.

---

5) "어이"는 추임새로 발음해야 한다.

특히 구경꾼임을 의식할 때요. 실패, 아니 실패는 너무 강한 말. 그렇게 대놓고 말하긴 뭣하다. (혼잣말로) 쳇, 그게 그건데…… 이런 별 세련되지 못한 위장이라니 ㅜㅜ '성공하지 못함'이라고 말을 바꿔야 할까 봐요, '성공하지 못함'을 의식할 때 이 히스테리카 파쑈가 요동을 칩니다.

**내비1**  (노래) "아하 아하 에헤요 에헤요 어허야 얼사함마 둥게디여라 히스테리카 파쑈"

**이린아**  이 히스테리카 파쑈가 올라오지 못하도록 잘 누르고 있어야 해요. 자기기만일 수도 있겠지만 뭐, 일상에 마비되어 살다 보면 이놈도 맥을 못 추고 눌려 있죠. 내 가슴 저 맨 밑바닥에요. (사이. 고수 북을 딱 친다)
요나의 고래처럼 바다 저 밑에 말입니다.
그런데 이놈이 오늘은 잠을 깨고 가시를 새파랗게 세우고 요동을 치는군요.
난 이 우울에 삼켜질 듯한 위기를 느낍니다.
일도 집어치우고 그만 이 강변북로를 하염없이
달려 내려가고만 싶어집니다.
그냥 달려 내려가~ (액셀을 꾸욱 밟는다) 아, 어디까지 갈 수 있나? 구리를 지나 팔당? 양평 두물머리까지? 아니 아예 E.T.처럼 하늘을 둥둥 날아 저 달까지? 그냥 가버릴까? (고수 북 장단 두둥둥) 하지만 내 작업실로 나가는 길이니…… 그럴 수는 없어. (관객에게) 그럴 수는 없겠죠?

**내비1,2**   안 돼 안 돼 안 돼 안 돼, 안 돼 돼 돼 돼……

**내비1**   돼! (다음 대사와 동시에)

**내비2**   안 돼!


배우 왼쪽 깜빡이를 켜고 옆 차선으로 옮겨간다. 내비들과 모두 한쪽으로 쏠리는 동작. 왼쪽 헤드라이트가 깜빡거린다.


**내비1**   미끄럼 주의! 운전대 꼭 잡으시고 목적지를 기억하시기 바랍니다.


속도를 줄인다.

배우/고수  제 자리로 돌아온다.


**이린아**   그래 그래 니 말이 맞아. 정신 차리고. 무거워진 마음을 좀 위무하기 위해 라디오를 틉니다.


배우는 라디오를 켜는 마임을 하고 고수는 음악을 튼다.

빌리 아일리쉬의 '배드 가이'(Billie Eilish's 'Bad Guy')가 나온다.

잠시 음악에 모두 귀 기울이고 – 대사 시작하면 내비2가 볼륨을 줄이는 동작을 한다.


신나는 선율에 마음이 잠시 녹아 가는데,

젠장, 또 이런 생각이 마음을 뒤집어 버리네요.

이 연주자도 성공한 사람 아냐?
그리고 이 작곡자도 성공한 사람이지.
난 구경꾼일 수밖에 없고.
이런 삐딱한 마음이 계속 일어나……
꺼버려!

배우 라디오를 탁 꺼버린다. 내비2 동작 같이 크게 한다.

**내비1**  목적지를 잊지 마시고 계속 직진입니다.
**내비2**  100m 앞 마포대교가 나타납니다.

고수 북을 두둥둥 친다.

**이린아**  강 건너 여의도 쪽
63빌딩과 국회의사당의 녹색 지붕이
뿌옇게 먼지에 쌓여 있는 게 보입니다.
이 광경에 마음이 더 우울해져.
아 깨끗한 맑은 공기─그립다!
대체 맑은 하늘 다시 볼 수나 있을까?
강물은 그래도 그렇게 흐려보이지는 않아서 다행이야.
옆을 스치는 차들은 이런 생각 하기는 하고 가는 걸까?
그냥 쌩쌩 달리고 있어요.
내 속도는 현재.

| 내비1 | 72km 시속. |
|---|---|
| 내비2 | 시속 80km 구간입니다 |

차 달리는 소리 잠시 높아진다.

| 이린아 | '얼간이'라는 말 아시나요? |
|---|---|
| 김미호 | 알지, "에이 저놈 저 얼간이 같은 놈." |
| 내비1 | 바보 쪼다 축구 반편 멍텅구리. |
| 내비2 | 드~웅 신. |
| 김미호 | 호구도 있다, 얼씨구! |

북을 두둥 친다.

| 이린아 | (웃으며) '얼간'이라는 말의 뜻을 문득 생각해 봤어요. 언제였는지 모르겠지만요. 이 말은 경상도 해안지방에서 많이 쓰는 말인데 바닷물에서 괴기를 잡아 올리면 소금을 쳐요. 간을 해서 오래 보관하려구요. 이때 간을 알맞춰 잘 해야 됩니다, 짭짤하게. |
|---|---|
| 김미호 | 제사 때 간 고기를 쪄서 상에 놓는데 간이 잘된 생선 진짜 맛있죠. 제사 음식에는 탕국하고 그 간 고기가 별미라니까. |
| 이린아 | 그런데 간을 잘 못 맞추면? 어떻게 되죠? 그게 '얼간'이 되어버리는 거야. |

**김미호**  소금을 잘 쳐야지.

**이린아**  얼간. 간이 안 된 것 간이 되다 만 것 맛이 없어.

짭짤하지도 않고 밍밍해 맛이 이상해.

제대로 뭐가 안 된 것. (고수 북 딱. 추임새)

사람도 이렇게 되다 만 것. (고수 북 딱)

이것도 아니고 저것도 아니고…… 어중간.

젠장, 이게 얼간이야.

**내비1,2**  얼간. 얼쑤~얼간, 얼쑤~~얼간.

**이린아**  얼씨구, 두음도 잘 맞추네~.


고수 북을 두둥둥 친다.


**내비1,2**  (배우에게 절을 하고 좋아한다)

**이린아**  그래, 좋아, 센스 있다, 얼간, 얼쑤. 얼쑤, 얼간, 하하.

**김미호**  (배우에게) 계속 해봐요, 얼간이가 어쨌다구?

**이린아**  내가 바로 그 얼간이더라구. 그 말 하려구요.

**김미호**  (웃음) 아이구, ○○○ 배우님이 뭐가 얼간이에요? 얼마나

멋진 배운데, 연기 잘해, 얼굴도 작고, 스타일도 멋있어,

목소리도 낭랑해,

**이린아**  (웃음) 그래요? 더 읊어보셔~

**김미호**  대학로 무대 인생 20년도 넘어서 상도 많이 받았고…….

**이린아**  (좋아하지만 멋쩍다) 30년이에요, 아, 이제 고만해.

**김미호**  아 참, 시방은 이린아 역을 하고 있지, 내가 깜빡.

**내비1,2**    얼씨구 좋다~

**김미호**    (북을 딱) 절씨구 좋다~

**이린아**    어느 날 그걸 깨달았어요.

오래 전 어느 날에요. 내가 얼간이구나~~

그런데 아닌 줄 알고 살았거든요.

아주 아주 오랫동안, 착각이었죠, 착각.

그런데 문제는 어느 순간 또 내가 얼간이인 걸

깜빡깜빡 까맣게 잊어버린다는 거죠.

왜냐하면…… 겉으로는 제가 겉으로는

포장이 잘 되어 있었거든요.

모자, 모자를 꽤 큰 걸 쓰고 있었죠.

회사(조직)가 준 모자였는데

모자가 크니까 점점 내려와 내 눈을 덮어 버린 건지도

몰라요.

앞이 안 보이죠. 모자에 뭐라고 씌어 있었나?

그래서 그 쓰인 이름이 나라고 믿고 살고 싶었던 겁니다.

그 이름으로 해서 많은 것이

허용되고 이해되고 우선순위가 주어지고

사랑받고 존경받고 용서되고……

(북장단 두둥둥 한바탕)

ㅎㅎ 그래서 얼간이라는 사실을 깜빡깜빡 잊어버렸습
니다.

**김미호**    속도가 너무 처져요, 60으로 내려갔잖아요. 이린아 씨.

**내비2**   (60 깃발을 든다)

**김미호**   조금 밟아도 될 것 같아요.


차 속도 올라가는 소리.


**내비1**   속도를 줄여주십시오, 제한 속도 80km 구간입니다.

**이린아**   첫, 알았어, 알았어. (속도를 약간 줄인다) 모자 말입니다. 그 래도 꽤 자주 내 눈을 가린 모자를 들어 올렸어요. 제 정 체를 바라봤어요. 그러면 눈물이 쏙 빠지게 내 실체를 통찰하곤 했죠. 우울이 가슴으로 스멀스멀 차 올라옴을. 그럴 때마다 바로 느끼는 겁니다.

**내비1**   야금야금.

**내비2**   살곰살곰.

**김미호**   그럴 때는 구경꾼이 아니라 주인공이 되는 거 아녜요? 누구나 그럴 때가 있죠. 얼간이…… 난 또 무슨 소리하 나 했네. 저도 얼간이 중에 상 얼간이죠,

**내비1**   두 분 선생님, 왜 이러세요? 얼간이 컨테스트 하십니까? 기분이 그러신 듯. 그러면 이 틈을 타서 저 내비2 ○○○ 이 한번 놀아보라고 할까요? 참, 그러면 또 구경꾼이 된 다고 날 타박하시려나요?

**김미호**   탈춤 잘 춘다고 했나? 그럼 이 틈을 타서 한번. 저, 저기 저 내비2. (부른다)

**내비2**   저, 저가 누구지? 나 말이여?

**김미호**   그려, 탈춤 한번 보여주면 안 될까?

**내비2**   왜 안 돼? 되지.


내비2는 무대 중앙으로 나와 관객에게 절하고 탈을 쓴다.

고수 장구를 치고 내비1은 징을 친다. 내비2 탈춤을 신명나게 춘다.

관객들도 추임새를 넣으며 장단을 맞춘다. 이윽고 춤이 끝나면 관객과 배우 내비1 고수 모두 박수.


**김미호**   (추임새) 어이구 잘 한다 얼쑤.

**이린아**   춤 한번 시원하게 추네, 잘했어. 내 속은 좀 풀렸는데, 여러분 속도 좀 뚫리셨어요?

**관객들**   네, 네.

**김미호**   이린아 씨, 아까 '히스테리카 파쑈'라고 했어요? 말이 참 어려워. 영어는 아닌 것 같고, 라틴언가요?

**이린아**   히스테리카 파쑈─그거 울화병이란 뜻이에요. 주로 여자들이 느끼는 〈리어왕〉에 이 말이 나와요.

**김미호**   점점 더 어려워지네. 뭔 말인지 설명 좀 해 줘요.

**이린아**   리어왕이 두 딸에게 쫓겨나 배신당할 때 배 속으로부터 치솟아 오르는 이 울화병을 느끼죠. 이 말은 이지훈 작가가 쓴 「기우제」라는 희곡 속에서도 나오는데 그 책에 보면 이렇게 설명되어 있더군요. "히스테리카 파쑈는 자궁이 느끼는 어떤 증세다." 자궁은 여자에게만 있죠? 히포크라테스는 이 자궁이란 기관이 몸속을 이리저리 돌아다닌다고 생각했어요. 고정된 위치에 있지 않고 말이죠. 그래서 이 증세의 다른 이름을 '방황하는 자궁'이라고 했다나요.

**김미호**  자궁이 온 몸을 돌아다닌다고요? (웃음) 기발한 생각이네. 하긴 그땐 해부학을 몰랐으니까—히포크라테스도 몰랐겠지. 궁금하네요, 그래서.

**이린아**  (관객에게) 여러분도 궁금하신가요?

**관객들**  네 궁금해요, 말해주세요.

내비1,2가 이 반응을 해줄 수 있다.

**이린아**  (약간 으스대며) 헤헤, 좋습니다. 그럼 이때를 타서 잘난 척을 한번 오지게 해보죠.

**김미호**  (북을 딱) 어이 그렇지~~

내비1,2가 'Hysterica Passio' '셰익스피어 〈리어왕〉 2막 4장'이 쓰인 각각의 피켓을 들어 보여준다.

**이린아**  '히스테리카'(Hysterica)란 말은? 그리스 말이고요. 라틴어로는 '히스터'(Hyster)라고 하는데 모두 자궁이란 말이죠. 왠지 영어 '히스테리'라는 말이 연상되지 않나요?

여자들이 히스테리를 부린다는 그 말, 바로 이 말에서 나왔죠.

**김미호** '파쑈'는 그럼 무슨 뜻이에요?

**내비1** (잘난 척하며 내비2에게) P/a/ss/i/o/n 열정. 정열이란 말이야.

**이린아** 하하, 패션에 그런 뜻도 있지만, 여기서는 '수난' '아픔'이란 뜻이랍니다.

**내비1** 네? 수난이라고요?


머쓱하는 내비1, 내비2가 살짝 비웃음.


**김미호** 그럼 두 말을 합치면 무슨 뜻이에요? 처음 들어보는 말인데.

**내비1** 알겠다! '자궁이 느끼는 아픔'이란 뜻이죠?

**김미호** 얼씨구 (북을 딱) 잘한다!

**이린아** 오! 맞습니다. '자궁의 아픔'이죠. 여성들이 몸으로 겪는 고통이나 증상들 모두 자궁에서 기인한다고 본 거에요. 특히 울화증은 자궁이 온 몸을 떠돌아다니다 폐와 심장을 치받아 나타나는 증상이라는 거죠.


이때 고수는 「기우제」 책을 꺼내서 해당 페이지를 펼쳐본다. 배우의 말이 맞나 확인 중이다. 고개를 끄덕끄덕한다. 고수 뒤에서 내비 1,2가 책을 같이 들여다본다. 고수 보던 책을 던져준다. 두 사람 책을 들춰본다.

**이린아**　여자들의 히스테리―증세가 다양하죠. 숨이 차고, 가슴이 답답하고, 소리를 지르고 목에서 삑 소리가 나고, 머리가 아프고, 몸이 떨리고 심하면 마비가 일어나기도 해요. 짙은 우울 증상. 원인을 규명할 수 없는 울화증이 동반되죠. 19세기 초반은 이 히스테리의 시대였어요. 프로이드의 정신분석도 이 히스테리 환자를 치료하다가 생겨난 것이라고 할 수 있죠.

**김미호**　히스테리가 프로이드로도 연결되는 군요, 39페이지에 나와 있어.

내비1은 해당 페이지를 찾는다. 펴서 자랑스레 보여준다.

**내비1**　히스테리? 여기 나오네요.

**김미호**　근데 여자가 느끼는 증세라는데 리어는? 남자잖아! 자궁이 없어요.

**이린아**　(잘난 체하며) 빙고! 왜 그럴까요? 〈리어왕〉 비극의 심오한 뜻이 여기 있어요. 리어의 강한 남성성이 무너질 때, 두 딸에게 배신당해서 말입니다, 비로 그때 그동안 억압당했던 여성성이 그렇게 나타난 거라고 해도 좋아요. 마치 땅속 깊이 숨어 있던 용암이 지상으로 분출한 것처럼 말예요. 여성성을 얼마나 억압했는지 리어왕국에는 생명을 잉태할 수 있는 사람이 하나도 없어요. 왕비도 오래전에 죽었고 글로스터 백작도 홀아비.

**김미호**      오매, 그러고 보니 리어왕도 홀애비야.

**이린아**      생명잉태가 가능한 코딜리어도 죽고 거너릴 리건 두 언니들도 죽고, 모두 죽죠. 마지막 장면 남자들만 남아 있어요. 이 모습은 모성과 여성이 존재하지 않는 리어 왕국의 근원적 비극의 모습이라고 할 수 있습니다.

**이린아**      (내비1에게) 혹시 그 구절을 찾았다면 한번 읽어봐요

**내비1**      (「기우제」 속에서 그 구절을 읽는다.)

         "자궁이 내 심장까지 부풀어 치밀어 올라오는구나.

         히스테리카 파쑈! 내려가라 너 솟구쳐 오르는 자궁아!"[6]

**내비2**      (놀라며) 리어왕이 이 말을 하네! 진짜!

**김미호**      오매 맞네!

**이린아**      리어왕이 두 딸에게 내쫓길 때 배신감에 치를 떨죠. 심장까지 부풀어 오른 자궁을 밑으로 내려가라고 리어는 호통치고 있어요.

**김미호**      재밌다, 자궁도 없는 남자가 자궁을 밑으로 내려가라고 하고 히스테리를 느낀다는 게. (북을 두둥둥 친다)

**이린아**      리어처럼 저도 지금 히스테리카 파쑈를 겪고 있어요. 강

---

6) 〈리어왕〉 2.4. 54-55.

    원어는 자궁이 "mother"로 되어 있다.

    O how this mother swells up toward my heart!

    Hysterica Passio! Down, thou climbing sorrow,

    정확히는 리어가 두 딸에게 내쫓기고 사신으로 보낸 켄트가 발에 차꼬를 차고 있는 것을 볼 때 이 대사를 한다. 그러나 결국은 두 딸로부터의 배신감으로 왕, 아버지, 남자라는 견고한 남성성이 허물어질 때이다.

변북로에서 이놈이 잘 깨어나요. 이 우울, 저 푸른 강물 같은 우울. 자궁이 내 심장을 떠받치고 올라옵니다. 악 ~~. (쓰러져 주저앉는 몸동작 – 바닥에 털썩 앉는다. 내비1,2가 놀라서 부축하려 한다)

**내비1**　자궁아 내려가라 본래 자리로.

**내비2**　괜찮으세요? 배우님.

**이린아**　아이고, 힘드네.

**김미호**　그렇게 어려운 말 하려니 힘이 무~ 척 들 거야.

**내비2**　심장을 제발 고만 치받아라 자궁아.

**김미호**　자, 넘어질 때 쉬어간다고, ○○○ 배우님, 그래 숨 좀 돌리고 쉬어 갑시다. 나도 물 한 잔 마시고.

**이린아**　그래 앉은 김에 (고수를 보고) 우리 모두 물 한 잔? 아니 난 술 한 모금 줄래요?

**김미호**　술? 하하 술은~ 지금 공연 중인데, 취해 버리면 어떡하실라구? 갈 길이 구만리요, 이제 한 1/3 정도 왔나? (물을 가져다준다) 자 술이라고 생각하고 한 모금 마셔요.

배우는 물을 마시고 고수와 내비들도 한 모금 목을 적신다.
물 마시는 동안 갑자기 차가 엉뚱한 다른 길로 접어든다.

**이린아**　아니 이런 왜 이 길로 접어들었지? 마포대교 위로 올라가고 있잖아.

**김미호**　술도 안 마셨는데 웬일이람? 아직 우리 출구가 한참 남앉어.

**내비1**  약 300m 앞 마포대교 3거리에서 유턴입니다. 시속 50km 구간입니다. 속도를 줄여주십시오.

**내비2**  (50이 쓰인 깃발을 높이 들고 흔든다)

**이린아**  앞에서 유턴하고 다시 다리 위로 올라와 강변북로로 들어가면 돼. 마포대교 위 드라이브가 추가된 것뿐이야.

**김미호**  괜히 한 바퀴 돌아가잖아.

**이린아**  인생이 그런 거라구.

**김미호**  (노래) "아하 아하 에헤요 에헤요 어허야 얼사함마 둥게 디여라 한강수야"

**내비1,2**  (노래) "아하 아하 에헤요 에헤요 어허야 얼사함마 둥게 디여라 한강수야"

**김미호**  그런데 ○○○ 배우님, 〈리어왕〉을 쓴 셰익스피어란 양반 말야, 갑자기 인생사가 궁금해지네요. 그 사람도 히스테리카 파쑈를 겪어봤을까? 자기가 겪어 봤길래 리어가 그렇게 울화증을 느낀다고 썼을 거야.

**이린아**  오, 상상력이 좋아요.

**내비1**  100m 앞에서 유턴입니다.

**이린아**  알았어. 유턴~

유턴 후 차는 다시 대교 위로 들어선다.

**내비1**  잠시 후 오른쪽으로 우회전하십시오. 강변북로 한남대교 쪽으로 가십시오.

배우 그렇게 한다. 자동차 달리는 소리.

**김미호**    네! 이제 제 길로 들어섰습니다. (북을 딱)
**내비1**    시속 80km 구간입니다. 속도를 지켜주십시오.
**내비2**    (80 깃발을 든다)

차는 안정 속도로 강변북로 위를 달린다.

**이린아**    차가 많이 없어서 다행이야, 금방 돌아왔잖아.
**김미호**    (북을 두둥둥 친다)
**이린아**    셰익스피어에게 아들이 하나 있었어. 이름이 뭔 줄 알아? 모르지?
**김미호**    우리가 그런 걸 어떻게 알게요? 모르는 게 당근이지.
**이린아**    햄닛. H/a/m/n/e/t.
**김미호**    햄닛? 어디서 들어본 것 같은데요?
**이린아**    하하 들어봤죠? (내비들에게) 들어봤지? 햄릿.
**내비1**    제가 대학로 누비는 배우 아닙니까? 알죠 당연히.
**김미호**    (북을 딱)
**내비1**    연극 역사상 가장 유명한 그 인물, 햄릿.
**내비2**    그렇죠, "죽느냐 사느냐 그것이 문제로다"
**이린아**    이름 혼동하지 말고 잘 들어봐. 아들 이름은 햄닛이야.

| | |
|---|---|
| **김미호** | 아들 이름은 햄닛 — 인물은 햄릿 — 진짜 비슷한데? 어떻게 된 거요? |
| **이린아** | 그 아들 이름에서 햄릿왕자 이름을 따왔어요. |
| **이린아** | (내비1에게 이름을 부르며) ○○○ 배우, 한번 읊어 볼까? 햄릿의 저 유명한 독백. 할 수 있지? |
| **내비1** | 한번 해볼까요? (목청을 다듬고 멋을 부려서)<br>To be or not to be, that is the question. |
| **이린아** | 잘했어. 모두 여기까지만 알지, 한 소절 더해 볼까? |
| **내비1** | 한 소절 더요? 할 수 있죠. ㅎㅎ.<br>To be or not to be, that is the question.<br>Whether 'tis nobler in the mind to suffer<br>The slings and arrows of outrageous fortune,<br>Or to take arms against a sea of troubles<br>And by opposing end them. To die — to sleep,<br>No more. |

관객들 박수친다. 내비1 정중히 절을 한다.

| | |
|---|---|
| **김미호** | (북을 딱) 얼씨구. |
| **내비2** | 진짜 아는데? |
| **이린아** | 진짜 하네, 놀랬다 — 언제 그걸 다 외우고 있었지? |
| **내비1** | 독백 끝까지 할 수도 있습니다. |
| **이린아** | 정말? |

**내비2**  고마해 ― 고마해, 됐네요.

**이린아**  ㅎㅎ 그래 거기까지만 하자. 죽었어요. 이 아들이 안타깝게 일찍.

**김미호**  (북을 딱 친다)

**이린아**  연달아 아버지도 죽고…….

**김미호**  아, 우울에 빠졌겠어.

**이린아**  그런데.

**김미호**  그런데?

**이린아**  아들이 죽었을 때, 셰익스피어는 런던에서 〈윈저의 즐거운 아낙네〉라는 희극을 쓰고 있었대.

**김미호**  코미디를 쓰고 있었다? 아들이 죽는 걸 몰랐나 봐요? 몰랐을 수도 있었을 거야. 기별 보내는데도 며칠씩 걸릴 거 아냐.

**이린아**  아들을 잃은 슬픔을 희극을 쓰면서 이겨내고 있었겠지. 뭐 어쨌든 햄릿이라는 유명한 캐릭터에다가 자기 아들 이름을 떡 붙여 주고 아들을 영원불멸로 살아 있게 만든 거지. 이건 매우 독창적인 나의 주장입니다. 셰익스피어 학회에서도 알아줘야해.

**김미호**  (약간 장난기로 장단을 맞춘다) 배우님, 아주 설득력 있는 주장인데요. 오랜 배우 경력에서 터득한 혜안이라고 짐작하는 바입니다. 존경합니다. 헤헤 그런데, 우리, 셰익스피어 얘기 너무 길어진 거 아닐까요?

**이린아**  재미없어요? (관객을 훑어본다) ㅎㅎ 너무 빠져 있었어. 그럼 다시 이린아 얘기로 돌아가야겠다, 뭘 얘기하고 있었더라?

**김미호**  속도가 너무 떨어지는데요.

**내비2**  (깃발 60 든다)

**이린아**  그래, 알았어, 강변북로도 도시고속도로라는 거.

악셀레이터를 약간 밟는다. 속도가 올라간다.

내비2 깃발 60, 70을 들고 흔든다. 차 속도 올라가는 소리.

고수 북소리도 빨라진다. 80 깃발 들린다.

**김미호**  이 정도는 달려줘야지. 자, 이제 계속해 보셔용.

**이린아**  오늘 아무래도 구경꾼이나 루저(loser) 얘기로 주제가 잡힐 것 같네요.

**김미호**  (북을 딱 친다. 추임새로) 어, 좋지, 얼씨구~

(노래) "아니 아니 노지는 못하리라~"

**내비1,2**  아, 좋다!

(노래) "얼씨구나 좋다,, 지화자 좋네, 아니 노지는 못하리라~"

"무정 세월아 가지를 말아라, 인생 백년 꿈이로구나

아니, 아니, 아니 노지를 못하리라"

**김미호**  (북장단) 얼씨구~

**이린아**  나도, 얼씨구~~ (웃음)

그렇게 나의 얼간됨을 깜빡 깜빡 잊어버릴 때가 많았죠.

물론 감사한 순간이 없었던 건 아니죠.

내가 얼간이임을 늘 깨우쳐 주시는

보이지 않는 분의 그 깊은 뜻

순간순간 기억하고 깨우치고 감사했습니다.

감사하죠. 얼간이긴 하지만

완전 바보는 아니게 해주신 것도 감사하고

먹고 살 일 주신 것도 감사하고

또 진짜 하고 싶어 미칠 것 같은 또 하나의 일에 대한 생각을

남몰래 주신 것도 감사하고 (사이)

헤헤, 그래도 구경꾼은 구경꾼이죠.

**김미호**   구경꾼~ 어이, 지금은 내가 구경꾼이에요~~ (북을 딱 친다)

**이린아**   그런가?

**내비1,2**   (노래) "아리 아리랑 쓰리 쓰리랑 아라리가 났네"

"동지섣달 꽃 본 듯이 날 좀 보소"

"강변 삼거리 흥 능수야 버들아 흥 제멋에 겨워서 휘늘어졌구나 흥"

"노들 강변 봄버들 휘휘 늘어진 가지에다 무정세월 한허리를 칭칭 동여 매어나 볼까"

"아리 아리랑 쓰리 쓰리랑 아라리가 났네"

**이린아**   얼마 전에 꿈을 꾸었어요, 어릴 때 살던 옛 집으로 돌아갔는데 집이 왠지 아주 낯설게 보이더군요…… 2층으로 올라가는 계단이 양쪽에 2개가 있는데, 왼쪽에 있는 계

단은 좁고 이동식 계단이었고 오른쪽에는 나무로 된 아름답고 넓은 계단이 있어요. 나는 2층으로 올라가려고 늘 다니던 왼쪽 계단을 찾았는데, 그런데 이게 웬일이지? 계단이 없어요. 감쪽같이 사라져 버렸어요!

**김미호**  얼씨구~

**내비1.2**  얼쑤 얼간 얼쑤 얼간.

**이린아**  그 계단이 놓여 있던 자리에 그대로 흔적이 남아 있는데 말입니다. 이상한 일이죠, 막 찾았어요. 그때 어떤 아주머니가 나타나서 말해요. "오른쪽에도 계단이 있어 그리로 올라가" 그래서 오른쪽으로 가요, 계단이 아주 고급스럽고 멋진데요, 그런데 왠지 낯설고…… 아닌 거 같애요, 몇 계단 올라가다가 아무래도 이상해서 내려옵니다. 내게 익숙한 그 왼쪽 계단을 또 찾아봅니다. 어디로 갔지? 여기 있었는데……

그때 그 아주머니가 또 나타나 말합니다. 오른쪽 계단이 있다고 거기로 올라가라고 합니다. 그래서 쭈빗쭈빗 다시 오른쪽으로 가서 계단을 올라갑니다. 그때 갑자기 그 계단이 좁아지더니 튜브처럼 변해버리네요 그러더니 그 튜브가 내 몸을 덮쳐 싸버리는 게 아니겠어요? 몸을 꽉 조여 오기 시작하더군요.

**김미호**  (북을 딱 친다) 어이.

**이린아**  마치 이상(李箱)의 "오감도" 상황 같았어요.

13인의 아해가 무섭다고 한 "길은 막다른 골목길" 말입니다.

그 조임에 숨이 막혀서 소리를 지르려도 소리가 나오지 않고

무서워서 내 몸이 계단에 딱 들어붙어 버립니다……

몸이 조여들어 터질 것 같은 압박감, 공포,

막다른 골목길이었습니다.

내비1　속도를 줄여주십시오. 제한 속도 80km 구간입니다.

김미호　속도 살짝 줄이시고요. 이상한 꿈이네. 계단이 2개라…… 뭘까? 전생과 이생인가?

이린아　전생과 이생? 전생과 이생…… 전 이렇게 풀이했어요. 왼쪽 계단은 내가 익숙하게 잘 알던 계단이고 평생 다니던 길이었다. 오른쪽 계단은 이제부터 새로 만날 삶이다. 이 새 길은 '가지 않은 길'이니 그래서 '막다른 골목길'로 꿈이 인식했던 것 같아요. 제 무의식이 말입니다.

김미호　그럴 듯하다. 꿈에 대해 잘 모르긴 하지만 말예요.

이린아　속해있던 조직을 얼마 전에 떠났어요. 계약 기간이 드디어 끝났거든요.

김미호　아, 계약 기간이 있었던가요?

이린아　있었지. 거의 내 인생 반을 점유한 기나긴 기간이었어요.

김미호　(북을 딱 친다)

이린아　이 꿈은 이 계약기간 만료와 딱 맞아 떨어진다는 느낌을 줘요.

김미호　얼씨구~

**이린아**　거의 유배였지.

**김미호**　엉? 뭔 말이세요? 유배라니, 그동안 제주도나 흑산도에 라도 가 있었던 겁니까?

**이린아**　그보다 더 먼곳.

고수와 두 내비는 어리둥절 서로의 얼굴을 쳐다본다.

**이린아**　왜? 꼭 먼 땅으로 가야만 유배인가요? 심리적 유배라는 것도 있어요.

**김미호**　아니 이해가 잘 안 된다. 그 기관은 우리나라에서 제일 로 선망 받는 곳이잖아요, 남들은 서로 들어가려고 박 터지는데…… 참 호강에 받쳐서…….

**내비1**　얼쑤 얼간.

**내비2**　얼쑤 얼간.

**이린아**　내가 마음으로 그렇게 느꼈다는 거지. 애초에 어쩌다 그 런 계약을 하고 가게 됐는지는 잘 모르겠지만 창세 전에 그렇게 정해져 있었던 걸까? 운명이었을까?

고수와 내비들은 수긍하지 않는 표정.

**이린아**　아, 진정들 하세요~~ 그렇다고 그 긴 세월이 모두 "모든 날이 나빴다"는 아니었으니까. "날이 좋아서 좋은 날도 있었고,

| | |
|---|---|
| **내비1** | 날이 좋지 않아서 나쁜 날도 있었고, |
| **내비2** | 날이 적당해서 슬픈 날도 있었고, |
| **김미호** | 모든 날이 다 나빴던 건 아니다." (웃음) |
| **내비1** | 얼쑤 얼간. |
| **내비2** | 얼쑤 얼간. |
| | (노래) "아무렴 그렇지 그렇구 말구, 아리랑 고개로 날 넘겨주소" |
| **이린아** | 내가 유배당하고 있다는 느낌. 이해가 잘 되실지 모르겠어요. (사이) 마치 김승옥 소설「무진기행」속 그 여주인공이 느끼는 그런 심리라고나 할까요? |
| | 서울에서 가장 먼 곳. |
| | 사람들이 귀에 낯선 언어를 쓰는 곳, |
| | 타지에서 오는 사람들을 배타하는 곳, |
| | 음악회가 열리지 않는 곳, |
| | 싸구려 가짜 시인들이 냄새를 풍기는 곳. |
| | 외국어를 아는 사람이 없는 곳. |
| | (사이) |
| | 내가 원하는 것을 그 곳에서는 절대 펼칠 수가 없는 |
| | 그런 곳을 유배지라고 느낄 수밖에 없지 않겠어요? |
| **김미호** | (노래) "아무렴 그렇지 그렇고말고" |
| **내비1,2** | (노래) "아리랑 고개로 날 넘겨 주소" |
| **이린아** | 유배지는 죄인이 자기 죄를 속죄하는 땅인데. 하지만 저는 제 죄목이 뭔지 몰랐습니다. 죄명이 뭔지도 모르는 |

채 그 곳에 유배되었다는 것. 그러니 더 답답했죠. 계약에 묶여 있어서 발버둥치기도 어려웠어요. 내가 왜 어떻게 거기로 가게 되었을까? 그 운명의 땅. 늘 그 미스터리를 화두처럼 붙들고 생각했답니다.

**김미호**　진짜 원하던 일이 뭐냐고 물어봐도 될까요? 이린아 씨.

**이린아**　(미소만 짓는다. 한 손을 슬쩍 춤추듯 들어 올린다)

**김미호**　오 알겠다. 춤. 춤이야,

**이린아**　맞아요, 몸을 움직이며 춤을 추고 싶었죠.


배우가 두 팔을 들자 내비1이 흰 수건을 팔에 걸어준다.
고수는 장구로 굿거리장단을 치고 배우는 춤을 추기 시작한다.


그런데 왜? 왜 난 그 원을 꾹 눌러 숨겨놓은 채 유배지에서 살아야했나?
천상에서 무슨 아지 못할 죄를 지어
이 땅에 내려와 벌을 받고 있나?
그 곳이 유배지라면 분명히 내게 죄가 있어야 했어……
그 죄가 뭔지
그 죄가 뭔지
(노래) "알 수 알 수가 없었어요."

**내비1,2**　얼씨구 잘한다.

**이린아**　처음에는 몰랐어.
설혹 유배라 하더라도 곧 끝날 줄 알았지.

어디로든지 자유롭게, 내가 원할 때는
떠날 수 있다고 믿었어.
그러나 날이 가고
날이 또 가고―날이 길어져 갈수록
아니란 걸 알게 되었지.
그래서 내 죄명
내가 무슨 죄를 지었나를 찾기 시작했어.
카프카의 K가 자기 기소 이유를 찾아 헤매는 것처럼―
하하하하
그런데 보세요!
지금까지도 찾지 못했습니다!
해배가 된 지금에도 말입니다.
찾지 못했어요. 알지 못했어요……
K는 결국 개처럼 끌려가 의문의 죽음을 당해.

**김미호**  (북을 딱 친다)

**이린아**  K처럼 (사이) 그렇게 죽지는 않았지만 헤헤헤.

**김미호**  (북을 딱 친다) 얼씨구 ~~ 그렇지~

**이린아**  살아남았죠, 헤헤헤.

**김미호**  잘했어~~

**내비1,2**  얼쑤 얼간 얼쑤 얼간.


이린아는 춤을 짧게 춘다. 고수는 장구로 장단을 맞춘다.

**이린아**   (멈추며) 아 그런데 살긴 살아 남았는데
         인생 다 가버리고
         점점 구경꾼이 되어 버렸어.
         유배지 땅의 기가 내 목숨의 기를
         살금살금 야금야금
         다 빨아 먹어 버리더라는 거—

**고수**   (북을 딱 친다)

**이린아**   해배가 되어서 그 땅을 떠날 즈음엔 나도 그냥 그 땅 사람이 되어버렸더라는 난 그냥 얼간이가 되어 있었다는, 그 말이죠.

**김미호**   (북을 딱 친다) 얼씨구! 그렇지.

**내비1,2**   얼쑤 얼간 얼쑤 얼간.

**이린아**   나만 외국어를 쓰고 살았던 시간. 외롭고 우울한 시간. 히스테리카 파쑈의 시간. 그 가시가 날 찌르던 시간. 누군가를 기다리는 고고와 디디의 시간. 해배의 날을 기다리는 내 길고 긴 시간이 그러했죠. (사이)
         그런데 말입니다 막상 그 날이 가까이 다가오자 아지 못할 초조감과 낭패감이 날 죄어오더군요. 고도우를 기다리는 두 건달의 마음이 어쩌면 이해가 되기도 했어. 오기로 되어 있는 것을 기다리지만 그것을 맞이하기에는 미진한 무엇. 내 시간을 무의미하게 다 낭비해버린 것 같은 공허감……. (사이) 물 위에 내 배는 비어 있었고 내 손도 빈손이었습니다. 죽을 때가 다가올 때도 사람들이

이렇게 느낄까요?

고수 북을 두둥둥 친다.


**내비1**   다산 선생은 유배지 강진 초당에서 책을 500권이나 쓰고 복사뼈에 구멍이 세 번이나 났단다.

**이린아**   (웃으며 혀를 쏙 내민다)

**내비1**   추사 선생은 제주도 유배에서 벼루 열 개를 닳아 없애고 붓 천 개를 몽당붓으로 닳아 없앴단다.

**이린아**   (웃으며 혀를 쏙 내민다)

**내비2**   서포 김만중 선생, 그분은 남해 노도에서 18년 귀양살이 했는데 외로운 어머니를 위해 소설책을 쓰셨단다. (관객에게) 그 소설 이름 아실랑가?


사이.
배우 자기 두 손을 내밀어 바라본다.


**이린아**   하지만 하지만 제 손은 이렇게 빈손이었어요.
빈손으로 유배지를 떠나는 심정 ―
오히려 유배가 끝나는 것이 두려웠습니다. 반어적으로 말입니다.
그렇게 기다린 해배였지만
시간을, 시간을 더 달라고 하고 싶었습니다. 1년만이라

도 말입니다,

내 유배를 더 늘려서라도 뭔가를 손에 쥐고 떠나고 싶었습니다.

너무 절실했죠. 바보 같았어요. 그동안 뭘 했길래?

하지만 엄정한 계약 기간은 연장될 리가 없고

전…… 두렵게 공허하게

빈손으로 그 해배를 맞이해야 했죠.


두 손을 천천히 들어 올리더니 춤을 추기 시작한다. 고수는 장구를 치고. 내비2는 피리를 분다. 간간이 징소리. 배우는 춤을 춘다. 신나는 춤이 아니라 민망함과 부끄러움을 감추는 애잔한 춤, 살풀이 같은 춤이다.


**김미호**    (판소리 류 노래) "오호호 한평생이 허무하구나, 인생 백년이 꿈이로다~~"

**내비1**    (춤이 끝날 즈음 배우에게 박수를 친다) 얼씨구 좋다! 잘한다!

**내비2**    (배우에게 박수를 친다) 지화자 좋다! (징을 한번 울린다)

**이린아**    쑥스럽네, ㅎㅎ 내 실력 아직 겨우 여기까지.

**김미호**    공연히 내 맘이 짠해져버려~

**이린아**    더 잘 출 수 있는데, 아직 한참 더 익혀야 해요.

**내비1**    제한 속도 80km 구간입니다.

**이린아**    속도 좀 올릴까? 춤에 정신이 팔렸어.

**김미호**    이제 멜랑콜리가 좀 개었나요? 당신 유배 얘기한 거, 그 얘기 공감이 가요. 어떤 시인은 이 세상 삶이 소풍이라고 하기도 했어. 그 말도 좋은데. 왠지 유배라는 얘기가 더 가슴에 와 닿네요. 우리 모두 지상의 유배인들이여, 원래는 천상 선녀였고.

**내비1,2** 아무렴 그렇지 그렇구 말구. 얼쑤 얼간.

**김미호** 그런데 내가 진짜 궁금한 게 이린아 씨 이야기 말고 ○○○ 배우님 자신 이야긴데…….

**이린아** 우리 연극에 집중하세요, 우린 이린아와 김미호야.

**김미호** 그건 그런디, 이린아 이야기는 이제 얼추 하지 않았어요? 더 남았나요?

**이린아** 무궁무진하지. 아직.

**내비1,2** (노래) "아무렴 그렇지 그렇구 말구 아리랑 고개로 날 넘겨주소."

**김미호** 그래도 배우 ○○○로 살아온 인생 이야기 듣고 싶다.

**내비2** 그렇지 그렇지 얼씨구.

**이린아** 셋이 작당했나? (판소리꾼처럼) 이린아 구경꾼 얼간이 얘기 재미없었던 모양이지?

**내비1** 그건 아니구.

**내비2** 그럼 그럼 아니구.

**이린아** (두 내비를 얄밉다는 듯이 살짝 노려본다) 내가 그동안 배우로 살면서 희곡 많이 읽었지.

**김미호** 아이쿠, 시작하실려구?

**이린아** 그려, 얼씨구~ 그래도 관객분들께 한번 물어봐야 될 것

같애, 연극 보러 왔다가 웬 배우 지 얘기하냐구 그럴지
도 몰라.

**내비1**　그럼 한번 물어 보죠 뭐, 관객 분들께.

**내비2**　그렇지, 그리고 구경하시는 분들도 재밌어야지.

**내비1**　(관객들에게) 여러분 괜찮을까요? 그렇게 놀아 봐도 될까요?

**관객들**　(네 네 좋아요 반응)

**내비1**　구경꾼들이 그래도 좋다고 합니다. 그럼 놀아보시죠.


고수 북을 한바탕 치고 모두 추임새로 분위기를 UP시킨다.


**고수**　그럼 그럼 얼씨구 좋다.

**이린아**　(관객들에게 절하며) 감사합니다. 저 ○○○가 무대에 선 게
고등학교 때부터였어요. 그렇게 따지면 한 30년 거의 되
죠, 배우로 살아 온 세월이. 배우가 연기를 잘하려면 무
얼 해야 하느냐? 연기 테크닉 익히는 거? 그거 아닙니다.
아마 여기 오신 분들 중에도 연기자나 연기지망생들이
있을지 몰라요. 연기 잘하려면 책 ― 희곡도 많이 읽고
영화도 많이 보고, 그게 더 중요해요. (고수/내비를 돌아보며)
아 그럼 퀴즈 하나 낼까? 내가 가장 좋아하는 작품이 뭔
지 한번 알아 맞춰 봐.

**김미호**　어렵네, 그걸 어떻게 알지? 힌트 하나 줘 봐요.

**이린아**　응 힌트는, 작가가 러시아 사람이야.

**김미호**　셰익스피어 아니고? 아까 셰익스피어 얘기하면서 한참

잘난 척하던데.

**이린아**  아니고.

**김미호**  러시아 작가?

**이린아**  응, 아깝게 일찍 죽었어, 폐결핵으로. 마흔네 살에.

**김미호**  그럼 톨스토이는 아니고, 도스토예프스키도 아니고……
알았다! (웃음)

**이린아**  누구야?

**김미호**  그 사람들 빼면 바로.

**이린아**  바로.

**김미호**  체홉이지.

**이린아**  체홉. 딩동댕 맞췄습니다.

**내비1**  안톤 체홉. 작품은 그냥 말해주시면 안될까용?

**이린아**  그냥 말해주는 건 심심하구―온 국민이 잘하는 오지선
다형으로 해볼까나? (내비에게 큐를 준다)

**내비1**  대학로 누비는 나, 배우 ○○○, 제가 체홉 작품은 좀 알
죠. 1번 〈벚꽃 동산〉

**내비2**  2번 〈세 자매〉

**내비1**  3번 〈갈매기〉

**내비2**  4번 〈바냐 아저씨〉

**내비1**  5번 〈기생충〉

**김미호**  뭐지?

**이린아**  맞춰 보셔용.

**김미호**  1번? 아니 3번인가?

**내비1**    땡!

**김미호**    (북채로 내비1을 가르키며) 저 저.

**내비1**    틀린 것만 찍어 부려, 메롱

**김미호**    그럼 나머지 둘 중의 하나겠지.

**이린아**    답은 2번 세 자매야.

**김미호**    으응, 세,자,매. 그 작품은 나도 알아요. 여자 셋 나오는 거.

**내비1**    세자매니 여자 셋 나오지. 하나마나 한 얘기.

**이린아**    왠지 다른 작가들에게 미안하네. 체홉 한 사람을 딱 집으니까. 그리스 비극도 있고 셰익스피어도 있고 또 앙또냉 아르또도 있고 카릴 처칠도 있는데 말야.

**김미호**    뭐, 뭐, 앙또냉 뭐라고?

**이린아**    앙또냉 아,르,또. 프랑스 연극인이야. '잔혹연극'이란 이론을 펼친 분인디. 배우, 연출가, 작가, 이론가.

**김미호**    잔혹연극? 오매~ 이름도 어려버. 그리고 또 누구라구? 마지막에 말한 사람?

**이린아**    잘 모를 거야, 〈클라우드 나인〉이라는 작품 쓴 영국 여자 작가. 페미니즘 연극의 대모지. 내가 그 작품에 '베티'로 출연했거든, 그래서 친숙한 작가야.

**김미호**    베티? 주인공이겠네? ○○○가 맡은 배역이니까.

**이린아**    그럼 주인공이지.

**김미호**    (웃으며) 잘난 척은. 됐네요, 〈세 자매〉 얘기나 해보셔, 좋아하는 이유가 뭔데?

**내비1**    세 자매 이름이 이렇던가요?

내비 1, 2가 "〈세 자매〉 올가 마샤 이리나"라고 쓰인 피켓을 들고 관객들에게 보여준다.


**이린아**   그래, 러시아 지방 소도시에 살고 있는 세 자매, 올가 마샤, 이리나가 있어.

**김미호**   (북을 딱 치며) 있지이~~

**이린아**   어릴 때 군인이었던 아버지를 따라 모스크바에서 작은 시골 마을로 왔어. 부모가 죽은 후 딸 셋. 즉 그 세 자매는 모스크바로 되돌아가고 싶어 해. 하지만? 못 가. 그곳, 지방 작은 마을. 그 소읍의 배타적 세계가 세 자매들의 삶과 생명력을 야금야금 잠식해 들어갔지. 저보다 잘 나고 우월한 건 망가뜨려 버려야 속 시원한 그런 곳이었거든. (사이) 세 자매는 결코 모스크바로 돌아가지 못해요. 더 아이러니한 건 그곳에서 자신들이 그토록 혐오하던 그곳 삶을 계속 살아야한다는 거⋯⋯
편협하고 몰취향한 세계에서 말야. 모스크바로 가고 싶어 하는 그들의 이야기. 세 자매가 그 소읍을 벗어나려던 염원. 그들에게도 그곳이 유배지였을 테니까. 그들도 아무 죄 없이 그곳에 유배되었던 거나 다름없지. 그런데 그들에겐 해배가 이루어지지 않거든. 그래서 체홉 스타일의 비극이 되는 거지.


고수의 북장단과 내비들의 추임새.

**김미호**　　세 자매라—리어왕의 세 딸도 세 자매인데? 뭔가 비슷하다이.

**이린아**　　제법인데.

**김미호**　　(으쓱) 그리고 잠깐 이리나? 이름이 당신하고 같잖아.

**내비1**　　그 이리나는 이리나고 배우님 맡은 배역은 이, 린, 아.

**김미호**　　내가 그걸 몰라서 그런 게 아니고, 관객님들이 모를까봐 그런 거야. (관객들에게) 그렇죠잉?

**관객들**　　(네, 네 하는 반응)

**내비/김미호**　　"아하 아하 에헤요 에헤요 어허야 얼사함마 둥게 디여라 세자매야"

"아하 아하 에헤요 에헤요 어허야 얼사함마 둥게 디여라 세자매야"

**이린아**　　세 자매는 결코 모스크바로 떠나지 못하고

늘 지나다니던 거리

늘 들리던 편의점

늘 건너다닌 그 횡단보도

그곳에서 그들은 늙어간다

그곳에서 삶은.

**내비1**　　야금야금.

**내비2**　　야금야금 잠식당한다.

**이린아**　　죽어간다…….

**김미호**　　(북을 딱 친다. 혼잣말처럼) 매일 타고 다니는 지하철.

**내비2**　　난 6호선을 타.

**김미호**   버스.

**내비1**   난 버스 301번 타고 대학로 와. 항상.

**김미호**   늘 드나드는 커피숍.

**내비1**   스타벅스?

**내비2**   난 탐앤탐스.

**김미호**   늘 드나드는 빵집.

**내비1**   난 빠리 바게뜨.

**내비2**   난 뜨레쮸르.

**김미호**   (판소리 류 노래) "거기서 우리들 인생 조금조금 야금야금 닳아 사라지누나."

**이린아**   모스크바는 누구 마음속에나 있다.

**내비2**   내 속에도 있어. (두 사람 교감)

**내비1**   내 속에도 있어. 그리고 앞에 앉은 이 분들 마음속에도.


내비1 고수에게 다가가 손을 내민다. 고수 그 손을 잡고 일어나 세 사람이 한 줄로 선다.


**내비/고수**  (큰소리로) 모스크바!!


러시아 민속 음악 칼린카가 흘러나오고 세 사람은 음악에 맞춰 러시아 민속춤을 흥겹게 춘다.[7] 춤이 끝나면 배우는 진도아리랑 노래

---

7) 이 러시아 민속춤 부분은 첫 공연 시 안무자 박진원의 아이디어였다. 하이브리

를 선창하고 이어 모두 같이 부른다. 배우는 이 노래에 맞춰 춤을 추기 시작하고 나머지도 합류한다.


**모두 함께**  (노래 춤) "청천 하늘엔 잔별도 많고
우리 네 가슴 속엔 수심도 많다.
아리 아리랑 쓰리 쓰리랑 아라리가 났네 어허어허
아리 아리랑 쓰리 쓰리랑 아라리가 났네 어허어허"

**김미호**  이 재주 숨기고 어떻게 살았나 모르겠어. 당신 말이 다 이해가 돼요.

**이린아**  내 어렸을 때 말야, 저 아리랑 노래 처음 듣고 인생이 뭔지 다 알아버렸다니까. 어찌 그리 어린 내 심금을 울리던지 ㅎㅎ.

**내비1**  목적지까지 직진입니다. 시속 80km 구간입니다.

**이린아**  (사이) 세 자매에게 오빠 안드레이가 있지.

**김미호**  오빠 안드레이? 그렇지이~

**이린아**  학구열이 강하고 총명한 훈남이야. 그는 모스크바 대학의 교수가 되는 게 꿈이고 가족의 지지와 기대도 받고 있어. 하지만 동네 아가씨 나타샤에게 반해 결혼을 하게 돼. 모스크바로 가야 하는데 결혼이라니…… 잘못된 선택이지. 곧 후회하고 실망해, 그래서 도박에 손을 대고 집도 저당 잡히고 마을의 웃음거리가 돼버려.

***

드 연극이라 수용 가능했지만 최종적으로는 생략되었다.

시골 아가씨 나타샤—그녀는 곧 무지와 탐욕을 드러내지. 안드레이의 세계를 파괴해버려. 안드레이? 교수는커녕 고작 마을 자치회의의 말단 서기가 돼. 마지막 장면에 유모차를 끌고 있는 안드레이. 너무 아이러니컬한 장면이지. 그는 그곳에서 죽을 때까지 아마 우울하게 살거야.

**김미호**  앞에서 말한 성공하지 못한 사람이로구나.

**이린아**  (웃음) 예리해.

**김미호**  (잘난 체) 또 구경꾼?

**이린아**  구경꾼? (생각) 흠, 어쩌면 세자매도 안드레이도 인생의 구경꾼이었을 수도 있어. 원하는 걸 원하기만 했을 뿐…… 아냐 아냐. 그렇기도 하지만 그 유배지의 힘이 더 강했기 때문에 그에 짓눌렸다고도 말하고 싶어.

**김미호**  환경이나 사회가 개성을 짓눌러 버리는 예?

**이린아**  안드레이는 교수의 자질이 충분했어…… 밤새워 독서하고 바이올린도 연주하는 수재인데…… 평범한 길을 택한 것이 잘못이었지. 그것 때문에 인생을 전혀 다르게 살게 돼 버리거든. 그게 자기 길이 아니기 때문에 고통과 회한 속에 인생을 보내게 되지. 자기답지 않은 길을 선택한 자의 비극이야.

**김미호**  불쌍한 안드레이. 세 자매보다 그 오빠가 더 불쌍한 것 같다.

**이린아**  아, 이런 일상의 비극성을 캐치한 체홉이 참 멋진 작가야! 만일, 만일 안드레이가 그 비극적 삶을 영웅적으로 견디어 살아낸다면 그는 비극을 뛰어넘어 철학자나 현자가 될 지도 모르지.

**김미호**  사실 인생길에서 우리 한 사람 한 사람 철학자고 현자라고 불러도 잘못이 아닐 것 같은데? 매일 매일 반복되는 이 길고 지루한 삶을 우리는 어마어마한 힘으로 인내하고 있으니까 말이야.

**이린아**  맞아, 우리 모두 세 자매이고 안드레이일지 몰라.

**김미호**  당신이 이 강변북로를 매일 매일 달리는 거. 자신과의 고독한 달리기? 무얼 위해서일까?

**이린아**  고독하지만 굴러 떨어진 바위를 향해 다시 걸어 내려가는 시지프스처럼 그렇게 갈 뿐이지. (사이) 고백컨대 사실은 두려워. 내겐 시간이 얼마 안 남았으니까. 하지만 죽을 때 후회하고 싶지는 않거든. 늦어도 제 길 바로 찾아서 걸어 가야한다는 거, 이게 무서운 진실이지, 그 길 들어서기라도 해봐야 할 거 아니냐고 — 늦었지만.

**김미호**  야구로 치면 9회 말 투아웃부터 진짜 경기라고 할 수 있다, 그 말과 같은가?

**이린아**  그래, 맞아. 곧 죽을 마지막 순간까지라도 자신이 누군지 깨우치는 걸 멈출 수는 없다는 이 엄중한 진실 — 리어처럼 말이야. 그래서 늦었지만 매일 강변북로를 달리는 거 — 내 인생길 달리는 거야.

**김미호**  그렇지이~. (북을 딱 친다)

**이린아**    마치 연어가 목숨 걸고 제 첫 물로 돌아온 것처럼 나도 목숨 걸고 내 원초적 DNA를 따라 이 물로 돌아온 거지.

**내비**    (동의한다는 듯한 동작들) (노래) "아무렴 그렇지 그렇구 말구"

**이린아**    비록 빈손이라 부끄럽고 참담하긴 하지만 그래도 느끼는 자유! 그 자유가 내 피 속에 뛰놀고 있어! 이제 이걸 따라가야 해. 되든 안 되든, 더 이상 구경꾼일 수 없는 이 절박한 마음―아시겠어용?

**김미호**    오른쪽 계단. 잘 올라가고 있구만.

**이린아**    그렇지!, 그 꿈속의 오른쪽 계단. 웃기지? 안드레이는 가끔 뒷방에 틀어 박혀 바이올린을 켜는데…… 고독한 연주…… 회한으로 가득 찬…… 나도 멜랑콜리의 가시가 날 찌를 땐 혼자 골방에서 이렇게 춤을 추곤 했어. 절대 고독의 유배지의 춤.

고수의 장구 장단, 배우는 서서히 팔을 들어 올리고 춤을 춘다.
피리소리. 차 속도가 점점 느려진다.

**내비1**    시속 80km 구간입니다.

**내비2**    (깃발을 들며) 속도를 올려 주십시오. 미세 먼지 주의하십시오.

**이린아**    (관객에게) 아, 미세먼지가 점점 더 심해집니다. 앞이 잘 안 보여요. 이제 동작대교가 나타나는데…… 그런데 다리 왼쪽 북단 쪽 부분만 조금 보이고 남단 쪽으로 갈수록

노란 어둠 속에 묻혀버리고 말아. 에휴…… 이제 강물도
잘 안 보이네. 옆으로 차들은 신경질적으로 달리고 있어
요. 모두 노란 먼지를 뒤집어쓰고 말입니다. (먼지에 기침이
난다)

이때. 뒤에서 빵빵거리는 소리. 배우는 놀라 갑자기 차 속도를 확
올린다.
90, 95로 올라간다. 깃발 올라가서 막 흔들린다. 고수가 옆으로 휙
쓰러지려 한다.
뒤차가 쌩하고 옆 차선으로 이동해 질주한다. 연이어 다른 차 한
대도 차선을 변경해서 질주해 나간다. 내비들은 깃발을 들어 흔
든다.

**내비1**　　앗 뒤차가 또 추월합니다!
**내비2**　　다시 또 한 대가 추월하려고 해요!

두 사람도 깜짝 놀란다.

**내비1**　　속도를 줄여주십시오. 시속 80km 구간입니다. 속도를
　　　　　　줄여주십시오.

속도가 차츰 안정된다.

**내비2**   85······ 80.

**김미호**   아, 놀랐네, 뭐가 저리 바쁠꼬, 이제 좀 살살 가요. 앞도 잘 안 보이는데.

**이린아**   (자세를 바로잡으며, 속도를 줄여간다) 모두 90 이상은 달리고 있잖아. 차 선 좀 바꿀게. (깜빡이 신호를 넣는다)

**내비1**   차선을 오른쪽으로 이동합니다.

차선을 오른쪽으로 한번 이동한다. 이때 내비들과 배우 쏠리는 동작. 헤드라이트 오른쪽이 깜빡거린다. 한참 차는 달린다. 차 소리.

**이린아**   저 앞질러 질주하는 차들을 보니 〈쇼생크 탈출〉이라는 영화가 갑자기 떠오르는데, 앤디의 탈출이 기억 나.

**김미호**   우리 같이 봤던 영화? 〈쇼생크 탈출〉 너무 재밌게 봤지. 영화 보고 난 후 맥주 한잔하면서 얘기도 꽤 했는데, 팀 로빈스, 모건 프리먼이 주연이었지.

**이린아**   영화배우 이름은 꽤나 꿰고 있다. 올리비아 콜맨도 그렇고.

**김미호**   같이 본 영화라 더 기억하지. 잊어버릴 리가 있나? 얼마나 통쾌해? 앤디가 감옥 탈출할 때 말이야, 하하, 아, 그 때 가장 감동적인 장면을 서로 꼽았던 거 — 확실히 기억하고 있지.

**이린아**   내가 꼽았던 장면 — 뭐였지?

**김미호**   내가 꼽았던 장면 — 뭐였지? 서로 말해 주기.

**이린아**  그래. 당신은 팀 로빈스가 감옥에서 완전히 다 빠져나왔을 때 천둥 속에서 환호하던 그 장면을 택했어.

**김미호**  얼쑤, 맞습니다, 맞고요.

**이린아**  내 장면은?

**김미호**  내가 알지러. ㅎㅎㅎ.

**이린아**  말해보셔.

**김미호**  내가 확실히 알지.

**이린아**  뜸들이네.

**김미호**  그래, 저기잖아, 팀 로빈스, 웅 앤디가 감옥에서 레코드판을 올려놓고 음악을 트는 장면. 그때 확성기를 연결시켜 운동장에 있던 전 죄수들에게 음악을 들려주던 그 장면이지.

내비 1에게 큐를 준다. 〈쇼생크 탈출〉에 나오는 모차르트 오페라 '휘가로의 결혼' 중 '편지의 이중창'이 흘러나온다. 모두 듣는다.

**이린아**  멋진 장면이야.

**김미호**  아, 알겠다. 왜 ○○○이 이 영화를 딱 꼬집어 얘기하는지.

**이린아**  (웃음) ○○○일까? 이린아 아닐까? 우리 아직 연극 속에 있어.

**김미호**  헤헤, 내가 또 깜빡. ○○○와 이린아가 왔다 갔다 하는데? 그런데 이건 ○○○ 배우, 당신 얘기 확실해. 어쨌든 감옥에서 나오는 순간이 이린아 씨 유배가 풀리는 그 순간하고 같다는 걸 말하려고 그러는 거지?

**이린아**  (고수에게 미소) 반쯤은 맞아.

**김미호**  (북을 딱 친다) 반만 맞다고? 얼쑤~

**내비1,2**  얼쑤 얼간 얼쑤 얼간.

**이린아**  왜 반이냐 하면.

**김미호**  (북을 딱 친다) 어~이.

**이린아**  앤디가 아니라 레드 말을 해야 하니까. 레드―모건 프리먼이 맡은 역 말야. 앤디는 그 지옥 같은 감옥에서 탈출을 시도하고 끝내 멋지게 성공하잖아.

**김미호**  그러지이~~

**이린아**  그런데 레드는 그런 시도는 꿈도 못 꿔. 그는 무기징역형을 받고 이미 40년을 살고 있어. 복역을 거의 다 완수해 냈다고 할 수 있지. 가석방되긴 하지만.

**김미호**  출소 후 마트에 취직해서 화장실 갈 때마다 허락 구할 때 답답해서 죽는 줄 알았네~

**이린아**  교도소 내 규율에 길들여져서 그렇지. 인간은 이 두 종류가 아닐까 하는 생각도 들어. 갇혀있는 상황에서 앤디처럼 탈출을 시도하는 사람, 물론 앤디는 무죄로 억울하게 수형살이를 했어. 또 한 사람은 레드처럼 길들여져 형을 다 살아내는 사람, 탈출을 한 번도 꿈꾸지 못한 사람. 인간이 이 두 종류 중 하나에 속한다고 보면…… (관객에게) 나는 어디에 속할까?

객석 조용하다.

**김미호**  어~이. (북을 딱 친다)

**내비1**  약 500m 앞에 고속도로 출구입니다. 왼쪽 차선으로 이
동해 주시기 바랍니다.

**이린아**  (관객에게) 안드레이와 세 자매는 바로 이 레드과에 속한
다. 그렇죠? 자신의 실존적 문제에서 벗어날 수가 없어
요. 부조리하고 비루한 삶에서 해방될 수가 없죠. 대부분
의 사람들이 그런 것처럼.

**김미호**  간혀있는지 모를 수도 있고요.

**이린아**  간혀있다는 걸 의식하고 싶지 않을 수도 있고. 그래서
그냥 하루하루, 오늘, 오늘, 오늘 살다보면 내 형을 다
살게 되는 겁니다. 그 끝에는 죽음이 기다리고 있고요.
(사이) 나도 레드처럼 제 계약 기간을 끝내 다 마치고 나
왔기 때문에…… 그래서 반만 맞았다는 얘기죠. 얼씨구
좋다!

(자신에게) 앤디처럼 탈출할 생각을 못한 바보―계약 파
기는 언제든지 가능했는데 원할 땐 언제든지 가능했는
데 말이야. 카프카의 K의 법원 문은 열려있었어. 그런데
그 앞에서 들여 보내주기만을 하염없이 기다린 어떤 사
람. 얼간이. 구경꾼, 이린아. 지화자 좋네!

자동차 달리는 소리. 느려진 속도가 다시 올라간다. 80, 90…… 깃

발 90 올라간다.

**내비1**    약 300m 앞 왼쪽 출구입니다.

**이린아**    페이지는 넘어갔어. 새로운 페이지가 펼쳐져 있어.
　　　　왼쪽 계단으로는 더 이상 갈 수 없어.
　　　　새 계단은 오른쪽, 아직 시간은 있어
　　　　계단을 오를 시간, 익숙해 질 시간
　　　　구경꾼의 자리에서 행위자의 자리로 옮길 시간
　　　　유배지의 길들여짐을 벗을 시간
　　　　아름다움을 위한 시간, 사랑을 위한 시간.

**내비1**    약 150m 앞 왼쪽 출구입니다.

**김미호**    (갑자기 당황한다) 아 — 아니 저 저 출구를 놓친 거 아냐?
　　　　박물관 쪽으로 나가야 하는데. 저런 저. (북을 불안하게 막
　　　　때린다)

고수는 당황한다. 벌떡 일어선다. 차 달리는 소리.

**이린아**    알아. 놓쳤어. 일부러. 그냥 달려보자. 우리 드라이브 길
　　　　이 길어졌어. (갑자기 통쾌하게 막 웃는다) 정해진 궤도를 벗
　　　　어났어, 하하하. 맘대로 가보자. 정해진 길로만 가지 말
　　　　고 레드가 마지막에는 훨훨 달려가는 것처럼 - 달려! 달
　　　　려! 하하하 아 신나네! 앤디! 앤디! 이린아!

'편지의 2중창'이 갑자기 터져 나오고 이어서 〈그린북〉의 마지막
OST 쇼팽의 에튀드 op25 'Winter Wind'가 아리아와 결합된다. 극
장에 가득 차는 음악.강변북로가 끝나는 데까지
그 너머 남한강 두물 머리—
하나로 합쳐지는 한강물 줄기 따라
그 너머 강의 시원까지 달려가 봐.

새로운 나를 태어나게 할 자궁
강변북로
남쪽으로
남쪽으로 달려라

그대로 달려!

**김미호**   당신, 대본대로 해야지, 이게 아니잖아!
**이린아**   야 대본이 뭐 대수야? 이렇게 간다!

**내비1,2**   (번갈아) 경로를 이탈하였습니다. 다른 경로를 찾고 있습
니다.
경로를 이탈하였습니다. 다른 경로를 찾고 있습니다.
경로를 이탈하였습니다. 경로를 이탈하였습니다.
경로를 이탈하였습니다.
경로를 이탈하였습니다.

경로

이탈

경로

이탈

경로

이탈

.

.

자동차 달리는 굉음. 차는 속도 90을 넘고 100을 넘어 질주한다. 고수 북채를 던지고 일어선다. 배우는 무대 가운데 서 있고 두 손을 높이 든다. 아리아 소리와 쇼팽 피아노 소리가 자동차 소리와 섞인다. 내비 1,2는 깃발 100과 150을 들고 배우 주위를 돌기 시작한다. 한 손으로 배우를 가리키고 빙글빙글 주위를 도는데 속도가 점점 더 빨라진다. 마치 과속하며 경로 이탈한 배우를 세 사람을 비난하는 것 같다. 점점 빨라지는 걸음, 거의 달린다. 배우는 전혀 영향을 받지 않고 자유를 느끼며 마치 날아오르려는 새 같다. 헤드라이트에서 하이 빔이 뿜어져 나오며 현란하게 깜빡거린다. 어느 순간 두 내비가 배우를 높이 들어 올린다. 배우의 얼굴과 상체에 빛이 들어올 때 다른 빛은 다 사라진다. 빛은 점점 얼굴에만 남아 있다. 서서히 암전되며 음악 소리만 남는다…….

(끝)

한국 희곡 명작선 69

# 나의 강변북로

초판 1쇄 인쇄일   2021년  1월 10일
초판 1쇄 발행일   2021년  1월 20일

지 은 이    이지훈
만 든 이    이정옥
만 든 곳    평민사
　　　　　 서울시 은평구 수색로 340 〈202호〉
　　　　　 전화 : 02) 375-8571
　　　　　 팩스 : 02) 375-8573
　　　　　 http://blog.naver.com/pyung1976
　　　　　 이메일  pyung1976@naver.com
등록번호    25100-2015-000102호
ISBN       978-89-7115-767-1  03800
　　　　　 978-89-7115-663-6  (set)
정　　가    6,000원